KB142616

서정시학 서정시 108

얼음 얼굴

최동호 시집

서정시학

최동호

1948년 경기도 수원 출생

고려대 국문과, 동대학원 문학박사

경남대와 경희대 교수 역임, 현재 고려대 문과대 국문과 교수

Iowa대학, 와세다대학, UCLA 등에서 방문, 연구교수로 동서시 비교연구

시집 『황사바람』(1976), 『아침책상』(1988), 『공놀이하는 달마』(2002),

『불꽃 비단벌레』(2009) 등이 있다.

현대불교문학상, 고산 윤선도문학상, 박두진문학상 등을 수상했다.

서정시학 서정시 108

얼음 얼굴

펴낸날 | 2011년 3월 20일 초판 1쇄
| 2012년 9월 20일 3판 1쇄

지은이 | 최동호
펴낸이 | 김구슬
펴낸곳 | 서정시학
편 집 | 최진자 · 인차래
인 쇄 | 서정인쇄

주 소 | 서울시 성북구 동선동 1가 48 백옥빌딩 6층
전 화 | 02-928-7016
팩 스 | 02-922-7017
이메일 | poemq@dreamwiz.com
출판등록 | 209-07-99337
계좌번호 | 070101-04-038256(국민은행)

ISBN 978-89-94824-08-6 03810

값 9,000원

사진 조용호

눈 거품 얇게

쓴

홍시 얼굴 하나

—「얼음 얼굴」 중에서

시인의 말

정신주의 한 끝에 극서정시의 길이 있다.

현실이 휘발된 상황에서
소통을 지향하는 디지털적 집약의 시가 극서정시다.
여백과 서정이 극소의 언어 끝에 있다.

그것은 하이쿠의 길도 아니고
시조의 길도 아니다.

난삽, 혼종, 환상, 장황이 범람하는 것은
서정시 본연의 길이 아니다.

서정의 물줄기를 찾아가는 동무가 되어
이 시집을 함께 읽어 주실 분들에게 감사드린다.

2011년 2월

차례

제 3 부

제 4 부

얼음 얼굴

제1부

명검

–설악산 노 스승의 말씀

검의 집에서 일단 검을 뽑으면 그것은 검이 아니라 칼이다. 낡은 제 집을 지키고 있는 검이야말로 천하무적의 검이다. 무딘 쇠의 날을 세우고, 세상을 향해 칼날을 휘두르면 검의 정신은 녹슬고, 피를 부르는 검은 쇳조각이 된다.

검은 살생을 위해 존재하는 것이 아니라 사람을 살리기 위해 존재한다. 살생을 막고 세상의 혼돈을 진정시키기 위해 검이 존재한다. 섣불리 검의 날을 세우면 반드시 그 날카로움이 사람을 상하게 하고 원망의 소리가 세상의 혼돈을 불러온다.

명리의 길이 아니라 명검의 길을 명심하라. 낡은 집 속에서 자기를 지키며 시퍼렇게 살아 있는 검의 정신만이 사람의 마음을 움직이고 태산을 울게 하는 법이다. 고난이 있더라도 명검의 길을 명심한 사람에게는 한순간 천지개벽이 번개처럼 찾아온다.

검을 뽑지 않아도 세상이 움직여지는 법을 아는 자는 명검의 이치를 터득한 사람이다. 그 사람에게는 검이 필요 없다. 그래도 검을 앞에 놓고 살아야 한다. 그것은 함부로 검을 뽑아 이름을 날리며 세상을 사는 명리의 길이 아니라 겸허하게 덕을 닦으며 바르게 사는 명검의 길을 가기 위해서이다.

빗방울

새벽바람 불러오는
목탁 소리

먹물 밴 산그림자
지우고 있는 사람

마당을 북처럼 두드리다
바다로 가는 빗방울

머리에 피뢰침 꽂고 간
요절 시인

수종사

해우소 기둥서방 삼 년이나 했다는
공놀이시* 풍문을
한 여성 시인에게서 전해 들었다

찡그린 코에 못 박혀 있던
갱지 한 장의 시,
서툰 공부는 지금 작파하라고

해우소 천정 물 한방울
할 소리, 툭
정수리 치고 문간 밖으로 굴러나간다

실핏줄을 건드리는 쌩한 바람,
겨울 그믐 무작정
어둠 속에서 놀고 있는 공을 찾아 나선다

* 시집 『공놀이하는 달마』를 말한다.

벼랑길

신새벽 연탄길
도마뱀 꼬리 사라진 골목

천둥 벼락치던
벼랑길 빗방울

양귀비 꽃,
귀양 사는

납작 지붕
산동네 사람들

세상 구경

호랑나비 등에 작은 낚시 의자 하나 얹어 놓고

난만하게 피어 있는 꽃밭 사잇길 건들건들 날아다니며

낚시 대롱 길게 내려 꽃잎 속 부끄러운 속살 이리저리 뒤지다가

꽃가루 묻은 얼굴로

세상 나들이, 햇빛 낚시 다 마치면

미련 없이 시든 꽃잎 속에 들어가 까만 씨가 되고 싶다

뱃고동

마스트 끝 바라보는 갈매기
잿빛 동공에 수평선이 부푼다

갓 깬 나비 날아가
칠 벗겨진 뱃고동 길게 돌아나간다

연락선 철 이른 유행가
바짓가랑이에 출렁거리고

갯가의 등 굽은 아낙네들
바지락 자루 가득 유행가 자락을 담는다

시

별 없는 캄캄한 밤

유성검처럼 광막한 어둠의 귀를 찢고 가는 부싯돌이다

자갈돌

찬 벽에 등대고 좌정하니
얇아진 귓가에 들리는

산마을 흙집 처마 밑
낙숫물 찬 바람 떨구는 소리

담 길 가장자리 겨울 눈
새싹 자리 비켜 서고, 피라미

봄빛 눈동자 검은
숨소리 움튼 자갈돌 반짝인다

단추

눈길 피하기 위해
고개 숙여
단추를 만져 본다

정말 단추보다
더 작아지고 싶은 얼굴
따가운 순간이 있다

단추 속으로 숨고 싶어
손끝으로
만지작거리던 단추가

금빛 얼굴은 감출 수 없다고
실밥 풀린
얼굴로 멋쩍게 웃는다

지인至人들

옛날의 지인들은
죽음을 진짜로 알고
삶을 가짜로 여겼는데
오늘의 명사들은
죽음도 삶도 다 가짜로 만든다

잘나고 똑똑한
가짜들이 인터넷 속에서도 티브이 속에서도
사랑하고 알을 까고
술집과 백화점을 누비며
마네킹 미인에게 돈을 뿌리고
죽음도 삶도 없는 화려한 스크린 인생을

멋지게들 신바람나게 살고 있다

치욕

늠름한 겨울 폭포 앞에 서면,
접어두고 참으려 했던
격한 말들이 용틀임하며 치솟아
역한 입김을 토하려고 해도,
준엄한 스승처럼 높이 솟은 겨울 폭포는
숨이 멈추는 한이 있어도
입 밖으로 격정을
소리치지 말라 하고,
빙벽의 침묵을 배우라 한다

(치욕을 참고 견디는 것은
작은 들꽃 하나 피우기 위해서이다)

극으로 치달려간 겨울 폭포의 뿌리가
빙벽 기둥들
산산조각으로 부스러뜨려
세찬 물보라 쏟아지는 폭포를 타고
하늘 높이 날아오를 때
뜨겁게 얼어붙었던
침묵의 말들은
봄 시냇물 대지에 넘치게 하여
작은 들꽃 세상 돌아오게 하는 숨결이다

(치욕을 참고 견디는 것은

작은 들꽃 하나 피우기 위해서이다)

제2부

거지 아버지

늦은 가을 쌀랑한 목포 지원 언덕길 모퉁이 흔들리는 가로등 불 밑에서 거지 아버지가 어린 아들을 앞에 놓고 공부 가르치고 있는 모습을 보았다. 무언가 아버지가 부르는 것을 받아 적고 있는 작은 아이의 엎드린 모습이 얼비치는 순간 갑자기 눈시울이 뜨거워졌다.

40여 년 후 히말라야 푼 힐 고지까지 걸어 올라가 설산의 장관을 가까이 보았다. 삼천오백 미터 고지를 왕복하는 3박 4일 쉬지 않는 산행으로 다리 절뚝이며 내려오는데 우연히 쓰러져가는 움막집 아이들이 눈에 들어왔다.

컴컴한 방안에서 깡말라 눈만 퀭한 아버지가 아이들에게 공부를 가르치고 있었는데 어둠속에서 환한 빛이 흘러나왔다. 가무잡잡한 얼굴에 하얀 이를 드러내며 이방인을 한번 돌아보고, 싱긋 웃으며 아버지를 바라보던 아이들의 눈동자가 산정 높이 하늘호수 떠돌던 하얀 구름 같았다.

멀리서 공부하는 딸아이에게서 오지 않는 소식을 기다리다 쌀랑쌀랑 첫눈 맞는 저물녘, 옛날 중삼 시절, 거지 아버지 그림자가 하늘호수에 다시 살아나고 있었다.

얼음 얼굴

거품 향기, 찬 면도날
출근길 얼굴
저미고 가는 바람

실핏줄 얼어, 푸른 턱
이파리 다 떨군
나뭇가지

낙하지점, 찾지 못해
투명한
허공 깊이 박혀

눈 거품 얇게
쓴
홍시 얼굴 하나

상수리 나무

허옇게 갈라진 혀, 바위 샅
흘러내리는 암반수 깊숙이 들이켜

이 뿌리에 가 닿는 시린 물살
계곡 굽이치는 명주 베틀처럼 펼쳐놓는다

벼랑길 바위 밑에 오글거리며 살던
흰 벌레들 더 깊이 기어 들어가고

상수리 나무, 열매는 남겨두고 단풍잎
바람타고 날아 하늘의 빛을 지상에 뿌린다

시골 버스

전생의 그림자가 평생 등뒤를 따라다녔다

훌쩍 키 큰 가로수 그림자와 작별하고
흙먼지 일으키는 바람을 따라
나뭇잎처럼 사라져가는 작은 뒷모습

넘버가 찌그러진 버스가 이승의 그림자 끌고
자갈돌 튕겨나가 산그림자 물거울에
흔들리다 가라앉다 하는 시골 가로수 길 동행하여 나란히 가고 있다

연필통만 딸그락거리던 초등학생 눈동자에
다 담을 수 없었던 이승살이 눈물
못물에 담아 다음 생으로 돌아가고 있는 길이다

신성한 산

히말라야 산정으로 향하는 길목, 열대우림 산길에서

작은 점 하나 바람 타고 휘익 빗방울처럼 떨어졌다

허공을 가르고 날아온 거머리, 남을 위해 눈물 한번도

흘려보지 않은 인간에게 사랑의 봉헌이 무엇인가

전해주는 신성한 설산의 붉은 피, 찬 물방울이었다

들꽃에 숨겨진 히말라야

히말라야는 쉽게 다가오지 않았다

베니아 칸막이 옆방에서 소근거리는 소리로
며칠째 밤잠을 설치고 일어나
키 낮은 산집 주인들과
구름 인사 나누고
바람과 함께 밤이슬 털고 있던

마당가 낮은 돌담 앞에서
발걸음 막 옮기려 할 때 알 수 없는
미소가 한순간 언뜻
내 콧등을 스쳐지나갔다

그 엷은 바람의 기미, 그때 알아채지는
못하였으나 십 년 너머 지나
우연히 꺼내 본
그날 사진에
높고 신성한 산의
가장 아름다운 미소가 살랑거리고 있었다

돌담 사이 홀로 핀 꽃에 숨겨진
산의 미소, 콧등을 건드리는 꽃잎처럼 다가와

환하게 햇살 퍼트리며
이슬도 채 말리지 못하고 가는 사람에게

설산의 정상으로 향하는 오솔길을 가리키고 있었다

북치는 밤

투명한 기류가 뿔처럼 일어나는
별밤, 등판 위에
소름 돋은 추위
살가운 물살을 타고 퍼져나간다

뒷간에서 된 일 보는 농부의
헛기침에 대지를 갈아엎을
애기 별 하나 태어나
중천의 하늘에서 지상의 어둠을 굽어본다

깊이 잠든 돌부리를 쇠스랑이 건드리면
들판 밖으로 유성이 날아가
지구의 어둠을 깨는
소몰이 농부의 발걸음 소리가 대지를 움직인다

극광을 뿌리는 여름 들판의 먼 북소리
늙은 지구의 오그라든 등, 삶은 감자
껍질처럼 벗겨내고
여명의 쇠스랑에는 은빛 땀방울이 빛난다

소년의 별

소녀가 웃으면 신생의 별들이 태어난다 등뒤에 손

감추고 얼굴만 붉어지던 소년, 상심한 별들과 함께

상처 입은 소년이 투신한다, 핏빛 유서를 적시던

슬픔보다 짙푸른 잉크병, 가을 호수 투명한 휘파람

남창 초등학교

방과 후 책가방

도시락 통 속에서 달그락거리던 숟가락 소리,

강아지 꼬랑지 달린

논둑길, 봄물 끌어들이던, 밭고랑 흙냄새

*남창초등학교 : 경기도 수원시 팔달로 남창동에 있다.

제3부

빵 냄새

먼 나라 낯선 도시

새벽 한기

소름 돋는 호텔방, 하얀 입김

인기척 없는

골목길

따스한 숨결

인생

–노 스승의 말씀

내딛는 것은 언제나 한 걸음뿐
그 밖으로
살아서 나간 사람은 아직 아무도 없다

정릉 산보

새벽 언덕길,
사지가 굳어 거동이 불편한 아들에게 아침 체조를 가르치는 젊은 어머니가 있다

좁은 산길,
중학생 영어를 암기하다 얼른 등뒤에 책을 감추고 내려오는 중년 여성이 있다

봄 언덕길,
꽃아 예쁘다 새야 반갑다 손뼉 쳐 햇빛 가르며 올라가는 꼬부랑 할머니가 있다

점심 산보길,
소풍 온 유치원 아이들 새처럼 포르르 날아오르는 노랫 소리가 있다

저녁 산보길,
빛나던 대낮의 햇살들 다 서풍에 실어 보낸 나뭇잎들이 실개천에서 반짝이며 놀던 물비늘 찾아오라고 초저녁 하늘 멀리 있는 별들을 부르고 있다

손톱

얼음 조각 깨뜨리며,
한산한 시장 골목
허공을 조각내고 있는 게 다리

젓가락 다발처럼
붉은 플라스틱 통에 마구 쓸어 담는
생선가게 아주머니

갑각류 다리보다
더 굳세고
강한 갈쿠리 손가락

얼음 바늘 박혀
아린 손톱
초겨울 노을빛 붉게 적신다

새벽

할머니 실꾸리에서 풀려나온

실오라기 한 줄기

문지방 넘지 못하고 실바람 부르자

담장 너머에서

나팔꽃 여린 순이 손 내밀어 허리를 편다

파 할머니와 성경책

추석 대목 지나 발걸음
한산한
돈암동 시장 골목길

게으른 정적이 감도는 하오,
검은 가죽 표지
성경책 지척에 펼쳐 놓고

파뿌리처럼 쓰러져 낮잠든 할머니
대문짝 활자가
돋보기안경테 밖으로 기어 나와

앙상한 팔다리 웅크린
할머니, 하늘의 품에
안겨, 기도하다 잠든 아기처럼 포근하다

볼우물

아침 햇살 환하게
비추는데
어제 저녁 팔다 남은

퉁퉁 부은 고등어
몇 마리
버스 정거장 앞 좌판에 널어놓고

물간 생선 주둥이처럼
삐죽이
나온 입 다물고 선

전봇대 옆, 아주머니
환한 햇살이
깊게 팬 볼우물에 어둡다

병든 소

농사일로 허리 굽은
투박한 애비

가출했던 딸
뼈 마른 등을, 병들어 우는

소처럼, 가만가만 쓸어 주는
가슴 먹먹한 밤

눈물 마른 애비
꺼지지 않는 혼불 눈동자

박꽃 언니

기름 심지 끄을음
가슴에 박힌 사연 싣고

장지문 밖
달빛 바다 위로 종이배 떠가는데

박꽃 언니
날선 은장도 붉은 꽃무늬 베어 물고

지렁이 우는 적적한 달밤
뒤편 골목 돌아가는 검은 그림자

나무의 기다림은 지상에 서 있다

여린 싹이 움트는 봄날 새 한 마리 날아와
사랑을 호소하는 가냘픈 목소리로 울었다
나무는 푸른 잎 보금자리를 만들어 주었다

나뭇잎 푸른 그늘에 살며 노래하던 새들은
단풍잎 쓸어가는 바람에 다 날아가 버렸다
겨울바람이 매섭게 나뭇가지를 후려쳤다

즐거운 노래를 다시 함께 부를 수 없을 거야
나무는 눈물 흘리며 혼자 속삭이고 살았다
그리움 가득한 마음으로 하늘만 바라보니

물먹은 햇살 펼쳐지고 아지랑이 되어 오르자
어디선가 새가 찾아와 가냘픈 목소리로 울었다
기쁨에 넘친 나무는 흐르던 눈물을 멈추고

푸른 이파리로 보금자리를 만들어 주었다
그러나 태풍이 불어 나뭇가지 부러져 나가고
놀라서 떠나간 새들은 영영 돌아오지 않았다

제4부

이상한 개구리

–「신구식물원」 연못에서

연꽃 피우기 위해 모여든 세상의 햇살들을
푸른 점박이 등판에 받아
부채꼴 후광을 치마폭처럼 펼치며,
연잎에 박혀 있는
초록빛 개구리
한마리

적막한 고요가 바람을 살랑거려도
눈 감고, 전혀
미동도 하지 않는, 당당한 초록의 왕자
왠지 발걸음 소리도 낼 수 없어
나무그늘 뒤에서 가만히
바라보았다.

수초들 사이 실잠자리 날개
반짝이는 못물 향기 달고도 물큰한데
황금빛 왕관을
쓰고, 눈도 한번 껌벅거리지
않고 있는 개구리,

인기척 사라진 오솔길
성긴 햇빛,

미풍에 일렁이는 망사 그물
왕국의 보물지도처럼 움켜쥐고
요요한 빛의 향기를 사유하고 있었다

* 신구식물원 : 경기도 성남시 수정구 상적동에 있다.

지구 뒤꼍의 거인

어린 시절 우주에 거인이 살고 있다고 상상했다.

지구를 공깃돌처럼 가지고 놀거나
태양을 한 점 불쏘시개로 여기는 거인이

지구의 뒤꼍 우리 집
장독 감나무 옆 어딘가 내가 모르는 곳에 살고 있다고 생각했다

한줌 흙이나
바람에 날려 보이지 않는 먼지 속에는 지금도

우주를 움직이는 힘을 가진 거인이
세상을 떠난 외할머니 치마폭에 숨어서 장독대 옆 감나무 잎을 반짝이게 하고

메주 덩어리 곰팡이를 발효시키는 바람의 씨눈을 키우며 살고 있을 것이다

봉황의 울음

– 「백제 금동대향로」를 피우며

한순간도 질주를
멈출 수 없는
불면의 낮과 밤이 태풍 직전

굉음의 불꽃을 혀 속에 감추고
병든 구름처럼
숨구멍 닫고 있었다.

먹구름 뒤에서 황금처럼 빛나는
절정의 혀를 말아 올려
세상을 유혹하는 지옥의 불꽃들,

닭벼슬 딛고 서서, 선홍빛
숨구멍 열어 봉황의 울음 터트린
눈물 한방울

경마장

활짝 핀 절정의 나팔꽃
콧구멍

발굽 밑 뽀얗게 굶주린
대지

자욱한 구름 위로 날 선
말갈기

흙먼지 하얗게 들끓는
땀방울

바다의 경전

그리움도 사라진 먼 바다에
고래는 보이지 않는
작은 점이다.

검푸른 점을 너울거리던 고래가
일만 마리 파도의 떼를 몰고 다가와
한순간 함포처럼

거대한 물줄기 일제히 빙벽을 향해 쏘아 올리고
삼각 꼬리로 바다를 내리쳐
빙산을 조각내는 광경을 본 적이 있다.

내 마음은 조각난 바다
그 빙하의 전설을 담아 두는 작은 점
돛대 없는 바다가 감춘 두루마리 경전이다.

푸른 영혼아, 네가 말해다오

푸른 영혼이 하늘거리는 머리타래 혼을 불러 노래한다

육신을 버린 영혼의 노래는 재가 되어 허공에 뿌려지고

푸른 영혼의 노래는 대지의 입술에서 흘러나온다 하네

대지의 노래여, 육신 없는 노래여, 흔적 없는 슬픈 노래여

연인들의 슬픈 목소리 허공에 띄워 놓고 너 어디로 갔느냐

* 아르헨티나의 음유시인 유팡키가 부른 노래에 '기타여, 네가 말해다오'가 있으며, 조용호도 같은 제목의 장편소설을 발표했다.

가을빛 목소리

가을빛 속에는 쩌렁쩌렁 울리던 할아버지 목소리가 숨어 있다
숨죽이고 대청에 기어들었던 유년의 강물도
운행을 늦추고 스러져가는 빛을 잡으려고
잔 물살 참방거리고 있다

저무는 가을빛 속에는 낮잠에 빠져 먼 길 가다가
불현듯 멈춘 내 발걸음이 있다
해질녘 등 돌리고 기다리던,
어린 시절 물에 빠져 죽은 동무가

장독대 뒤에서 연기처럼 살아나와
하염없이 스러지는 빛 속에서 가냘픈 목소리로
잠깬 나를 부르고 있다
불러도 대답하지 않던 동무가

돌연히 고개 돌려
등뒤 제 목소리를 묽그러미 들여다보는 가을빛 속에는
물에 젖은 노란 낙엽처럼,
숨어서 듣지 않으려 해도 등에서 떼어낼 수 없는 애잔한 목소리가 있다

여울목 편지

모기들도 소리치는 가을입니다

물 냄새 따라 고향 찾아가는 여울목 연어들이 꽉 찬 가을을 알려 줍니다

자갈돌 사이 물이끼에 숨어 사는

저는,

가는 물소리조차 남에게 알리고 싶지는 않습니다

들리지 않아도 좋을

소리 없는 편지를 여울목 마른 자갈돌에 담아 꽉 찬 가을을 그대에게 전합니다

겨울 햇빛의 혀

툇마루 보푸라기 먼지
쓸고 가는
햇빛의 하얀 혀끝

녹슨 쇠못
자국
바람 든 잇몸

툇마루 구석
찬 그늘
버캐 서린 나무결

흔적 없이 여위는
햇빛 부처
무량한 겨울 대청마루

반구대 향유고래의 사랑 노래

주체할 수 없는 사랑을 머리에 이고
외롭게 산다는 것은 슬픈 일이다.
머리통에 가득 저장한
새우 기름의 풍요로운 향기가
바람을 타고 바다 멀리 퍼져 나가
작살을 든 인간의 추격을 피할 수 없는 것이
그들의 비극적 운명이다.

선사시대 향유고래가 살아 있는 암각화,
춤추는 샤만과 함께 하늘에 제를 올리던 고대인들이
어떤 마음으로 고래의 형상을 신성한 바위에
새겨 놓았는지는 알 수 없지만,
머리통에 향유를 가득 담고 한 눈 뜨고 잠자는
이 종족들의 슬픈 사랑의 전설을 그들도
구전하는 옛 노래를 통해 알고 있었을 것이다.

북방의 비바람을 타고 바다 멀리에서 들려오는
가냘픈 소리를 증폭시키는 시그널처럼
향유고래 이빨 피리로
떠도는 망자의 혼을 불러놓고 천지신명 앞에
경건한 제물을 바치던
선사시대 사람들도 그들의 생애가, 낮은

휘파람 소리를 듣고 멀리 있는 연인을 찾아가다
죽음을 맞이하는 향유고래처럼,

사랑하고 그 사랑으로 인해 상처 받는 것이
그들이 살아야 할 삶이라 해도
끝내 그것을 포기하지 않고 받아들여야 할
운명임을 알았을 것이니, 그
운명적 사랑의 최후를 기리기 위해
새끼 업은 고래의 형상을 바위에 새기고
그들의 죽음을 애도하는
비탄의 노래를 하늘을 향해 길게 불렀을 것이다.

그러나 지금 반구대는 흙먼지에 휩싸이고
망자의 영혼을 기리는 축제와 향연은
돌이킬 수 없는 망각의
바위틈 사이로 사라지고 말았다.
사랑과 죽음을 하늘에 고하던 신성한 옛 노래는
먼 북방의 바다에서만 메아리쳐
비정한 빌딩의 숲에서 사는 인간의 비애는
사랑 없는 사랑의 슬픈 노래를, 향유고래처럼
가슴 가득 지니고 살면서도, 얼굴 없는 얼굴의
추적자와 의연하게 맞서야 하는

오늘의 삶을 기리기 위해
고독한 죽음의 노래를 영원한
사랑의 노래처럼 부르며 살아가야 한다는 것이다.

절제와 여백의 시학

오 생 근

1

최동호의 여섯 번째 시집 『얼음 얼굴』은 어느 고즈넉한 산사山寺 한귀퉁이에 있는 소박하고 정갈한 방을 연상시킨다. 불필요한 가구가 하나도 없고, 쓸데없는 장식물도 보이지 않는 그 방의 툇마루 구석 자리에는 "버캐 서린 나무결"과 "흔적 없이 여위는 하얀 햇빛"(「겨울 햇빛의 혀」)이 놓여 있을 것이다. 『얼음 얼굴』이 이처럼 한적한 '빈 방'의 풍경을 떠올리게 한 것은, 과거의 시집들과는 달리, 장시가 아닌 단시들 중심으로 구성되어 있고, 여백이 많은 공간 속에서 의미들이 압축되거나 암시적으로 처리되어 있기 때문이다. 첫 시집 『황사바람』 이후 다섯 번째 시집 『불꽃 비단벌레』에 이르기까지, 그의 시집은 대체로 호흡이 길고 서술이 많은 시가 주류를 이루었다. 물론 지난 번 시집 『불꽃 비단벌레』에는 「사람의 바다」, 「번개 눈썹」 등의 짧은 시들도 여럿 보이지만, 그것들은 다른 장시들 속에 파묻혀서 짧은 시의 날카롭고 긴장된 개성이 현저하게 발휘된 느낌을 주지는 못하였다. 그의 세 번째 시집 『딱따구리는 어디에 숨어 있는가』(1995)의 해설을 쓴 유종호는 최동호의 시적 자아가 격동과 위기의 순간을 다루면서도 격앙하는 법 없이 늘 "관조적이고 명상적"인 평정을 유지하는 것의 장점을 말하면서도 "긴 시편들이 시적 긴장의 해

이를 수반"하는 것의 위험을 지적한 바 있다. 물론 시인이 긴 시보다 짧은 시를 선호하게 되었다고 해서 시적 긴장의 문제가 모두 해결되는 것은 아니다. 그러나 짧은 시의 형식에는 우선 장황한 요설이나 서술이 자리 잡을 여지가 없다. 최동호는 이번 시집의 「시인의 말」에서 "난삽, 혼종, 환상, 장황이 번창하는 것은 서정시 본연의 길과 무관하다"고 말함으로써, 난삽하고 장황한 언어가 아닌 쉽고 간결한 소통의 언어로 올바른 서정시의 길을 지향하겠다는 의지를 표출하고 있다. 이러한 의지에서 만들어진 『얼음 얼굴』이 짧은 시들로만 채워져 있는 것은 아니다. 「치욕」, 「나무의 기다림은 지상에 서 있다」, 「반구대 향유고래를 기다리는 노래」 등 긴 시들도 여기저기 보이지만, 그것들의 존재는 짧은 시들의 대세를 가로막는 요소로 작용하고 있는 것 같지는 않다.

『얼음 얼굴』의 많은 짧은 시들이 '빈 방'의 이미지를 떠올리게 한다는 것과 함께 언급해야 할 것은 시인이 대체로 시적 자아의 노출을 극도로 절제하고 있는 점이다. 그는 서정시의 본래적 특징이라고 할 수 있는 주관적 감정이나 내면의 목소리를 전면에 드러내고 있지 않으며, 자아의 흔적을 남기려고 하기보다 오히려 남기려는 욕망을 억제하거나 지우려 한다. 그런데 특기할 점은 그러한 욕망의 절제에서 엄격한 자기수련의 의지가 느껴지지 않고, 부끄러움이 많은 순진한 소년의 마음이 보인다는 것이다. 다시 말해서 시적 자아의 표출을 숨기려는 시인의 의지는 소년의 마음처럼 자연스럽게 표현되어 있다. 이러한 특징을 대표적으로 보여주는 작품으로 네 편을 골라보겠다.

거품 향기, 찬 면도날
출근길 얼굴
저미고 가는 바람

실핏줄 얼어, 푸른 턱
이파리 다 떨군
나뭇가지

낙하지점, 찾지 못해
투명한
허공 깊이 박혀

눈 거품 얇게
쓴
홍시 얼굴 하나

—「얼음 얼굴」 전문

이 시의 화자는 겨울날 아침 출근길에서 잎이 다 떨어진 나무 밑에서 '눈 거품'을 쓰고 눈 속에 박혀 있는 홍시를 보고서 자신의 존재를 포함한 현대인의 모습을 연상한 것 같다. 일반적으로 시인은 이러한 개인적 연상을 현대인의 보편적인 정서와 공감의 차원으로 확신시키기 위해, 자신의 입장과 경험을 은유적이거나 암시적으로 표현하는 것이 관례일 것 같은데, 이 시는 의미전달이 불충분할 것 같은 구성에도 불구하고, 시적 자아의 내면을 전혀 노출하지 않은 채 "눈 거품 얇게 / 쓴/ 홍시 얼굴 하나"로 마감할 뿐이다.

두 번째 시는 시적 자아의 부끄러움과 순진성이 단순하면서도 자연스럽게 보이는 시이다.

눈길 피하기 위해
고개 숙여
단추를 만져 본다

정말 단추보다
더 작아지고 싶은 얼굴
따가운 순간이 있다

단추 속으로 숨고 싶어
손끝으로
만지작거리던 단추가

금빛 얼굴은 감출 수 없다고
실밥 풀린
얼굴로 멋쩍게 웃는다

－「단추」 전문

이 시는 잘못한 일 때문에 어른이 야단을 맞는 소년의 어투를 빌려서, 잘못한 일을 인정한다는 의미에서의 주관적 부끄러움과 그런 감정을 의식하고 자기 자신을 연민의 눈길로 바라보는 객관적 시각이 공존해 있는 작품이다. 부끄러움의 순간은 "단추보다/ 더 작아지고 싶은 얼굴/ 따가운 순간"으로,

부끄러움을 객관화시키는 계기는 "단추가// 금빛 얼굴은 감출 수 없다고/ 실밥 풀린/ 얼굴로 멋쩍게 웃는", 역전의 발상이 돋보이는 형태로 만들어진다. 인간은 누구나 과오와 잘못을 범할 수 있는 법이다. 중요한 것은 과오와 잘못을 뉘우치고 부끄러워하는 마음의 존재여부일 것이다. 이런 점에서 인간적 이해와 관용의 시각이 전면에 골고루 스며들어 있는 것 같다.

세 번째 시는 화자의 어린 시절을 회상하는 주제의 시이다.

방과 후 책가방

도시락 통 속에서 달그락거리던 숟가락 소리,

강아지 꼬랑지 달린

논둑길, 봄물 끌어들이던, 밭고랑 흙냄새

–「남창 초등학교」 전문

화자는 어린 시절 시골에서 초등학교 다녔을 때의 기억을 소리와 냄새의 형태로 떠올린다. 즉, 봄 날 논둑길을 걸어 다니거나 뛰어다니면서 놀던 시절은 빈 "도시락 통 속에서 달그락거리던 숟가락 소리"와 '밭고랑 흙냄새'로 기억되고 있는 것이다. 그 시절 이후 수십 년이 지나 시인이 이순의 나이에 이르러 쓴 시인데, 여기서 60이 넘은 어른의 시점은 전혀 보이지 않고, 과거를 돌아보고 회상에 젖는 감상적 어조도 없이 그야말로 초등학교 아이의 언어로 채워져 동시처럼 보인다는 것은 놀랍게 생각된다. 이것은 개인적 추억의 범위를 넘어서

서 어린 시절의 경험을 현재화하여 누구나 공감할 수 있는 보편적 차원의 감정 효과를 유발시킨 시적 구성으로 해석된다.

네 번째는 시인이 말하고 싶은 것을 말하지 않는 표현방식으로 자신의 내면적 고백을 절제한 시이다.

모기들도 소리치는 가을입니다

물 냄새 따라 고향 찾아가는 여울목 연어들이 꽉 찬 가을을 알려줍니다

자갈돌 사이 물이끼에 숨어 사는

저는,

가는 물소리조차 남에게 알리고 싶지는 않습니다

들리지 않아도 좋을

소리 없는 편지를 여울목 마른 자갈돌에 담아 꽉 찬 가을을 그대에게 전합니다

– 「여울목 편지」 전문

어느 시인은 가을이 되면 누구에게라도 편지를 쓰고 싶어진다고 노래한 바 있지만, 이 시의 화자는 편지를 쓰고 싶긴 한데, 다만 "고향 찾아가는 여울목 연어들"과의 동일시를 통해 "꽉 찬 가을"을 "소리 없는 편지"에 담아 "그대에게" 보내

고 싶은 감정을 말할 뿐이다. 그는 과일과 곡식이 영글어가고, 하늘은 맑고 높은 그 계절에 "가는 물소리조차 남에게 알리고 싶지는 않"은 자신만의 고독한 심정을 이렇게 피력한다. 가을이 되면 감정이 메마른 사람이라도 주체할 수 없는 추억과 상념을 편지에 담고 싶어 하겠지만, 이 시의 화자는 그러한 감정노출을 절제하고 자신만의 사연을 "남에게 알리고 싶지는 않"다거나 "들리지 않아도 좋을// 소리 없는 편지"에 만족하려는 것이다. 이러한 반어적 표현을 통해서 독자는 '꽉 차는 가을'이 바로 텅 빈 가을임을 알게 된다.

2

『얼음 얼굴』의 시적 화자는 방에 앉아서 명상이나 참선을 하기보다, 방을 나와서 부지런히 걸어 다니기를 좋아한다. 그 길이 등산길이건 시장 골목이건, 그는 길에서 마주치고 발견하는 것을 시적 영감으로 삼고 공부하는 것이다. 물론 그것이 시의 힘을 빌려 세상을 돌아다니면서 수행하는 본격적인 '시적 만행'이라고 할 수는 없겠지만, 길에서 인간의 진실을 발견하고 공부하면서, 그것을 깨달음의 계기로 삼는 것은 분명하다.

「거지 아버지」의 화자는 40여 년 전에 목포 지원 언덕길에서 본 "거지 아버지가 어린 아들을 앞에 놓고 공부 가르치고 있는 모습"과 나중에 히말라야 산행에서 "아버지가 아이들에게 공부를 가르치고" 있는 움막집 풍경을 동일한 주제의 기억으로 연결시킨 산문시이다. 이 시가 산문시의 긴 호흡으로 만들어진 것인 반면에, 히말라야 산행에서 화자가 깨달음을 얻은 다음의 시는 훨씬 간명하고 압축적이다.

> 히말라야 산정으로 향하는 길목, 열대우림 산길에서
>
> 작은 점 하나 바람 타고 휘익 빗방울처럼 떨어졌다
>
> 허공을 가르고 날아온 거머리, 남을 위해 눈물 한번
>
> 흘려보지 않은 인간에게 사랑의 봉헌이 무엇인가
>
> 전해주는 신성한 설산의 붉은 피, 찬 물방울이었다
>
> –「신성한 산」 전문

화자는 히말라야 설산의 고행을 통해서 '사랑의 봉헌이 무엇인가'를 깨닫게 된 사연을 이야기하는데, 이것은 최동호가 예전에 쓴 산문 「시적 신성성과 매혹」에서 "설산에 오르기 위해서는 거머리가 물방울처럼 나뭇잎에서 툭툭 떨어져 내리는 열대 정글 지대를 통과하는 고행을 겪어야" 하고, "만년설과 열대 우림의 양극에서 석가모니가 깨달은 마음의 비밀이 있는 것"이라는 구절을 연상시킨다. 화자는 석가모니의 깨달음에 공감할 수 있게 되었음 만큼 힘든 산행 길에서 빗방울처럼 떨어진 냉혈 거머리를 보고 '사랑의 봉헌'을 알게 만든 "설산의 눈 녹은 물 한 방울"과 동일시를 한 것이다. 이러한 깨달음의 순간이 화자가 돌아가서 살아야 할 세속적 삶을 지배하는 소유와 집착의 덧없음을 반성하는 계기가 된다. 또한 「들꽃에

숨겨진 히말라야」에서 화자는 히말라야 산행 길에서 찍은 사진을 십여 년 지난 후에 우연히 꺼내 보았을 때, 그 사진 속에서 "가장 아름다운 미소가 살랑거리고" 있는 "높고 신성한 산의 미소"를 발견한 기쁨을 묘사하는데, 이러한 기쁨 역시 과거의 깨달음이 잊혀졌다가 일상의 현실 속에서 되살아난 감동과 일치하는 것이다.

시인은 산행이 아닌 일상의 생활에서 혹은 산보 길에서 마주친 건강하고 아름답게 열심히 하는 사람들의 다채로운 모습을 다양한 방식으로 그린다. 「파 할머니와 성경책」은 돈암동 시장 골목길에서 본 할머니의 모습은 "하늘의 품에 안겨, 기도하다 잠든 아기처럼" 묘사되고, 「볼우물」은 잘 팔리지 않는 퉁퉁 부은 고등어 몇 마리를 좌판에 널어놓고 서 있는 아주머니의 모습이 "깊게 팬 볼우물 햇살이" 어두운 모양으로 표현되어 화자의 따뜻한 공감을 담는다. 또한 새벽부터 저녁까지의 산보 길에서 마주친 여성과 아이들의 아름다운 모습을 그린 「정릉 산보」에서 화자는 삶의 행복과 살아 있는 기쁨을 유쾌한 서정으로 노래한다.

신구식물원 연못을 지나다가 연못가에서 미동도 하지 않고 앉아 있는 개구리 한마리를 보고 영감을 얻어서 쓴 「이상한 개구리」는 일상에서건 여행길에서건 모든 존재와 사물이 시인의 사유와 명상을 깊이 있게 촉발시키는 계기일 수 있다는 것을 보여준다.

> 수초들 사이 실잠자리 날개
> 반짝이는 못물 향기 달고도 물큰한데
> 황금빛 왕관을

쓰고, 눈도 한번 껌벅거리지
않고 있는 개구리,

인기척 사라진 오솔길
성긴 햇빛,
미풍에 일렁이는 망사 그물
왕국의 보물지도처럼 움켜쥐고
요요한 빛의 향기를 사유하고 있었다

–「이상한 개구리」 일부

이 구절에서 개구리가 "황금빛 왕관을 쓰고" 있다거나 "왕국의 보물지도처럼/ 요요한 빛의 향기를 사유하고 있었다"는 표현은 예사롭게 보이지 않는다. 이것은 시인의 사유와 상상력이 정밀하면서도 유현하게 확장되고 있는 것의 한 증거로 보이기 때문이다. 그의 이러한 사유와 상상력의 특징을 보여주는 또 다른 시는 「세상 구경」과 「봉황의 울음」이다.

호랑나비 등에 작은 낚시 의자 하나 얹어 놓고

난만하게 피어 있는 꽃밭 사잇길 건들건들 날아다니며

낚시 대롱 길게 내려 꽃잎 속 부끄러운 속살 이리저리 뒤지다가

꽃가루 묻은 얼굴로

세상 나들이, 햇빛 낚시 다 마치면

미련 없이 시든 꽃잎 속에 들어가 까만 씨가 되고 싶다

–「세상 구경」 전문

『얼음 얼굴』에서 가장 아름다운 시들 중의 하나로 꼽을 수 있는 이 시에서 화자는 호랑나비와 동일시한 상태에서 꽃잎의 속살을 뒤지다가 "꽃가루 묻은 얼굴"을 하고, "세상 나들이, 햇빛 낚시" 모두 끝내고 나면 "꽃잎 속에 들어가 까만 씨가 되고 싶다"고 말함으로써 사물에 대한 명상적 관찰이 바로 시인의 욕망 없는 삶에 대한 깨달음의 의식과 이어져 있음을 암시한다. 또한 세속주의를 거부하고 정신주의의 가치를 주장한 바 있는 시인은 자기를 비운 무욕의 경지를 이렇게 아름답게 표현하고 있다.

한순간도 질주를
멈출 수 없는
불면의 낮과 밤이 태풍 직전

굉음의 불꽃을 혀 속에 감추고
병든 구름처럼
숨구멍 닫고 있었다.

먹구름 뒤에서 황금처럼 빛나는
절정의 혀를 말아 올려
세상을 유혹하는 지옥의 불꽃들,

닭벼슬 딛고 서서, 선홍빛
향로의 숨구멍 열어 봉황의 울음 터트린
눈물 한방울

– 「봉황의 울음」 전문

이 시는 시인의 상상력이 섬세하고 정밀하게 전개될 뿐 아니라 자유롭고 역동적으로 펼쳐지는 것을 보여주는 예이다. 여기서 "불면의 낮과 밤이 태풍 직전 굉음의 불꽃을 혀 속에 감추고 병든 구름처럼" 정지된 상태에서 "절정의 혀를 말아 올려 세상을 유혹하는 지옥의 불꽃들"로 확산되는 사유의 자재로움은 시인의 시적 상상력이 섬세한 정밀함 뿐 아니라 남성적인 역동성의 힘과 폭을 겸비했음을 입증해 준다.

끝으로 최동호가 「시적 신성성과 매혹」이란 산문에서 다음과 같이 쓴 인상 깊은 글을 통해, 그의 시와 삶의 관계를 돌아보자.

> 웅장한 산들의 신비에 매혹되는 것도 인간이고, 또 자신의 삶에 수많은 의문을 갖는 것도 인간이다. 방황하고 길을 잃은 것도 인간이다. 삶에 대한 매혹을 갖지 않는다면 인간에 대한 매혹도 없을 것이요, 시에 대한 매혹도 없을 것이다. 매혹은 정열이요 또한 의문이다.

그에게는 이렇게 삶과 인간과 시가 동일한 가치를 갖는 대상이다. '매혹'이 '정열'이고 '의문'인 것처럼, 그는 삶과 인간과 시에 대한 멈추지 않는 정열을 갖고, 매혹되면서 동시에 매혹의 대상에 대한 의문을 포기하지 않는 삶을 살려고 한다.

그의 이러한 삶의 의지와 인간에 대한 끊임없는 의문은 바로 시에 대한 정열이 언제나 시들지 않고 살아 있음을 의미하는 것이기도 하다.

최동호에게 시는『얼음 얼굴』의 서시인「명검」과 같다고 말할 수 있다. 그 이유는 시를 추구하는 마음이 명검의 길을 가려는 검객의 정신과 같은 것으로 보이기 때문이다.

> 검을 앞에 놓고 살아야 한다. 그것은 함부로 검을 뽑아 이름을 날리며 세상을 사는 명리의 길이 아니라 겸허하게 덕을 닦으며 바르게 사는 명검의 길을 가기 위해서이다.
>
> –「명검」 일부

여기서 "검을 앞에 놓고 세상을 살아야 한다"는 시와 인간과 삶이 동일한 것이라는「시적 신성성과 매혹」에서의 발언과 일치한다. 시는 "부드러운 덕을 닦으며 세상을 살아야 하는" 이치와 별개의 것이 아니기 때문이다. 이런 점에서 최동호의 시가 절제된 단순성과 여백을 축적하는 방향으로 전환된 것은 바로 욕망의 절제와 '부드러운 덕' 의 가치 있는 삶에 대한 끊임없는 추구와 깨달음에서 비롯된 것이 분명하다고 말할 수 있다.

제2판 후기

지난 3월『얼음 얼굴』초판을 간행하고 몇 달 동안 객관적인 시각에서 다시 세심하게 시집을 살펴보니 여러 곳 수정해야 할 부분이 발견되었다.

미처 행간을 제대로 헤아리지 못한 곳이 눈에 자꾸 띄어 마음이 쓰였는데 이번에 다행히 독자들의 호응에 힘입어 재판을 간행하게 된 것을 계기로 수정을 결심했다.

이렇게 하는 것이 필자의 아둔함에 대한 반성이며 독자들에 대한 의무이기도 하다는 생각으로 작업을 진행했다.

두 편의 경우는 시의 제목을 바꾸고 다른 몇 편의 경우는 시의 행갈이를 다시 하거나 자구를 가다듬어 첨삭을 가했다.

이 시집을 이미 읽은 독자들에게 엎드려 사죄의 말씀을 드린다.

2011년 7월 12일 비오는 날

저자

제3판 후기

지난 해 7월 제2판을 간행하고 다시 제3판을 준비하게 되었다. 이를 계기로 시집을 다시 통독하고 음미해 보니 조금 수정을 가해야 할 부분이 발견되었다.

사전에 좀 더 철저하게 가다듬지 못한 탓이다.

특히 「명검」, 「북치는 밤」, 「나무의 기다림은 지상에 서 있다」, 「겨울햇빛의 혀」, 「반구대 향유고래의 사랑 노래」등 다섯 편을 집중적으로 가다듬고 일부 작품도 부분적인 첨삭을 가했다.

독자들에게 새롭게 읽히는 시편으로 받아들여지기를 소망하면서 거듭 독자 여러분들의 너그러운 양해를 부탁드린다.

2012년 9월 2일

태풍이 지나가고 해가 밝은 날
저자